인향문단 시선

31

문동림 창작시집

청춘이 떠나가 버린 어느날

문동림

부산출생
부산거주
부산대 경제학과 졸업

인향문단 시선 31

문동림 창작시집 – 청춘이 떠나가 버린 어느날

초판 발행일 2023년 5월 30일
초판 인쇄일 2023년 5월 30일

지은이 문동림
펴낸이 장문정
펴낸곳 도서출판 그림책
디자인 이정순 / 정해경
출판등록 제2010-000001
주소 경기도 수원시 영통구 이의동 웰빙타운로 70
연락처 TEL070-4105-8439 (010)2676-9912
E-mail : khbang21@naver.com

인향문단 시선 31

문동림 창작시집

청춘이 떠나가 버린 어느날

청춘이 떠나가 버린 어느날을 펴내며

시인의 말

경험하고 느꼈던 것을
시의 형태로 표현하는 것이
적합하다 생각하여
시집을 출간하게 되었습니다.
정식으로 시를 공부하지 않아
시적 표현보다는
시의 주제에 치중하였습니다.
사람은 누구나 자기 나름의
표현방식이 있고 그것에는
선악이 없다고 생각합니다.

- 문동림

CONTENTS

인항문단 시선 31

문동림 창작시집

청춘이 떠나가 버린 어느날

문동림

삶

좋은 날도
싫은 날도 있다
하지만
대부분 그렇고 그런 날이다

의미가 있을 수도
없을 수도 있다
따질 필요가 없다
내일의 해가 있어야
그것들이 의미가 있다

행복할 수도
고통스러울 수도 있다
하지만
그것들은 아주 짧고
대부분 그냥 살게 된다

그런 사람

너를 생각하면 미소 짓게 된다
꽃이 보고 싶다
강가를 거닐고 싶다
바다가 보고 싶어진다

너를 떠올리면 행복해진다
길가의 꽃을 보아도
떨어진 나뭇잎을 보아도
하늘의 구름을 보아도
너는 그런 사람이다

확률

너와 내가 만날 확률은
백만분의 일
너와 내가 헤어질 확률은
이분의 일

우리의 인연이 다하면
새로운 인연을 만날 확률은
백만분의 일

후회할 확률은
일분의 일
그리워할 확률도
일분의 일

사랑의 유통기한

사랑의 유통기한은 짧다
조심스레 다루지 않으면
사랑은 쉬이 변한다

냉장고에 넣어도 안 된다
사랑은 얼어붙는다
바람도 쐬어주고
햇볕도 쬐어주어야 하며
때때로 방부제도 뿌려야 한다

사랑의 방부제는
사랑한다고 말하는 것이다

청춘이 떠나가버린 어느날

수많은 날들이 불타버렸다
연기와 같이 흔적도 없이
해가 화창한 어느 봄날에
설레임을 가득안고 길을 나섰건만
청춘의 날들은 사라지고
갑자기 찾아온 황혼의 날에
무릎을 꿇을 수 밖에 없다
청춘의 종말을 알리는 종소리는
겨울바람이 되어 유리창을 두드린다

청춘에는 외로움도 달콤했지만
황혼에 물든 외로움은 서럽다
서쪽으로 흐르는 해를
나그네의 마음으로 본다
지나간 날들의 아쉬움은 잊고
남은 날들을 세며 가야겠지
청춘을 사랑하였으나
제대로 사랑하지 못하였고
청춘이 떠나갈 것을 알았으나
뒷모습도 보지 못한 채 이별하고만 어느날

겨울비

눈이 아니어서 아쉽다
봄비가 아니어서 낯설다

얼음처럼 차가운 감촉은
지금 막 이별을 고하는
연인의 잔인함을 닮았다

울지 않으리라 다짐하는
연인의 눈물처럼 내린다

달

달에게 물어본다
하늘에 매달려 무섭지 않냐고
나는 두발을 딛고 있어도 무서운데

달에게 이야기 한다
검은 하늘에 혼자 외롭지 않냐고
나는 환한 밤거리에서도 외로운데

달에게 고백한다
같은 하늘아래에서도 만날 수 없는
그녀가 그리우면 새벽에 너를 본다고

바다로 난 창

바다로 난 창에는
바다가 연애를 한다
해변을 한번 찔러보고는
뒷걸음쳐 도망가고
해변을 안아보려 파도를 치다
눈물만 쏟고 돌아선다

바다로 난 창을 보고 있으면
친구 하늘을 볼 수 있다
같은 파란색의 두 친구는
하늘과 땅만큼 떨어져 있지만
저 멀리 수평선으로 가보면
두 친구는 서로 닮아있다

푸른 하늘

누워서 푸른 하늘을 본다
어린아이의 눈망울
젊은 연인들의 웃음
거울처럼 맑은 호수가 보인다

누워서 푸른 하늘을 본다
기도하는 사람의 간절함
객지를 떠도는 사람의 향수
나의 어린 시절도 보인다

누워서 푸른 하늘을 본다
찢어지는 뭉게구름
푸름의 끝을 사랑한 비행사의 절망
깊은 슬픔의 바다가 보인다

공원의 오후

겨울태양이 내리쬐는 공원의 오후
팔짱을 끼고 가는 여인들은
손으로 입을 가리고 웃는다
손잡은 부부는 포즈를 취하고
심각한 표정의 사내가 사진을 찍는다
아기가 걸어가는 뒤로
부모들이 조심스럽게 따르고
웃는 하얀 이가 예쁜 소녀들
깡총걸음으로 몰려가면
놀란 비둘기들이 땅을 박차고
건너편 숲속으로 사라진다

하늘을 찌르는 전나무들
그 위로 시리도록 푸른 하늘
흩어져 떠다니는 구름
청설모는 분주하게 가지를 돌고
참새 떼가 요리조리 방정을 떤다
물가의 조그만 언덕에서
거위들은 나른하게 햇볕을 쬐고
오리들은 유영을 즐기고 있다
그 위의 벤치에 한 남자가 있다
가까이 가서 보니 나였다
눈물을 흘리고 있었다
무엇을 위한 눈물일까
알 수 없었다

A형 친구

그는 나를 별로 좋아하지 않는다
둘이서 같이 여행을 가자고 해도
혼자 있는 것이 더 좋다고 했다
외로운 것을 좋아하지 않아도
벗어나려 하지 않는다
단둘이 술을 마시는 자리에서도
속 깊은 곳의 말은 들을 수 없었고
내가 취하여 정신이 몽롱해지면
그는 꼿꼿한 채로 나를 부축한다

그에게 사랑은 어렵다
그녀가 떠나기 전에 고백하라고 하니
망설임만 거듭하다 결국 하지 못하고
오랫동안 그녀를 그리워하기만 했다
나는 그를 좋아하지만
그는 나를 좋아하지 않는다
어떤 때는 나를 증오하기도 한다
그가 거짓말쟁이이며 위선자이지만
나는 그의 곁을 떠날 수 없다
그는 내안에 산다

비

비에 젖는 것은
비가 나를 적시는 것이고
비에 맞는 것은
내가 비를 맞는 것이다

어떤 것인지 인수 없지만
빗속에 그냥 서있었다
슬픔이 쏟아졌다

겨울숲속

파란 하늘과 하얀 구름은
그대로 다보이고
나무들은 화장을 지워
나목으로 서있다
바람은 소리 없이
가지들 사이로 지나가
계곡 아래로 흐르고
물은 바위 아래로 숨어 버렸다
어떤 울림도 없는
고요한 적막함 속에
나무아래 잔설만 녹아내린다

인적이 끊어진 길은
떨어진 낙엽으로 덮여
쓸쓸함은 깊어지고
귓불을 쥐어짜는 한기에
마음은 외로움을 더해간다
따듯함이 그리워질 무렵
문득 너의 생각이 났다
그때는 숲이 공허하지 않았는데
이렇게 낯설지 않았는데
겨울태양이 바라보는 숲속에서
타지에서 온 여행자처럼
길을 잃고 말았다

도시의 노래

가을풀벌레 소리보다
가로수의 마지막 매미소리가 더 좋다
푸른 하늘 초록빛 잎새
싱그런 자연과 여유 있는 삶도 좋지만
회색빛 하늘 파스텔톤의 건물
기하학적 도로와 시계바늘의 긴장감이 있는
도시가 시골보다 더 좋다

도시의 외로움이 좋다
때로는 술을 마시고
때로는 노래를 부르지만
스치는 외로운 사람들에게
위로받을 수 있어 좋다

도시의 고독함이 좋다
빌딩 숲속에서 길을 잃으며
육교위에서 갈 곳을 잊어도
나의 둥지로 향한 길은
언제나 환하다

도시의 쓸쓸함이 좋다
차들이 하나둘 잦아지고
사람들도 가버린
가로등만 남은 거리에서
오롯이 한 사람만을
그리워 할 수 있어 좋다

별이 없는 도시에서 사는 법

물고기처럼 도시의 밤거리에 스며들었다
하얀 라이트를 앞세우고 열 맞춘 자동차들
하나같이 붉은 꼬리를 달고 달린다
화려한 손길로 유혹하는 쇼윈도에는
백팩을 메고 걸어가는 나의 모습이 보인다
건물을 삼킨 화려한 조명들을 눈요기로
가로등 의장대의 사열을 받으며 간다
하나를 얻으면 하나를 잃는 법
밤하늘의 별을 보지 않는 댓가인 게지

검푸른 하늘 아래서의 나의 유영은
길모퉁이의 테이크아웃 카페에서 멈춘다
지하철에서 나오는 사람들이 경보경기를 한다
그들은 영문도 모른 채 내 무료함을 달래주고
각자표정에 맞는 걸음걸이로 간다
밤이 더 깊어가기 전에 나도 돌아가야 한다
그들이 모두 가버린 거리는 외롭다
별이 보이지 않는 이 거리의 하늘처럼
별이 그리워도 별을 찾아갈 생각은 없다
별을 본다고 덜 외로워하지 않을 것 같다

늙은 바위

한때 수평선 너머를 바라보며
바다를 관조하던 모습은 어디가고
세월의 폭풍에 살점은 찢겨나가고
피부는 거북등처럼 갈라져
태양아래 노랗게 탈색된 채
바위는 남루한 행색으로 해안에 남았다

상처투성이인 육신은
조만간 무너져 내릴 듯 하지만
핏기 하나 없는 창백한 얼굴은
아직도 멀리 바다 끝을 향하고 있다
삶이란 원래 닳아 없어지는 것이거늘
무슨 욕심으로 버티고 선 것인지
거친 파도와 휘몰아치는 바람에도
악착같이 버티고 있다

이 세상이 나의 것이 아니듯
이 바다 또한 너의 것이 아니다
너와나 바람같이 스쳐가는
이 땅의 여행자일 뿐
어떤 미련도 남기지 말고
영면의 깊은 심연 아래로 가자
너도 잊혀지고 나도 잊혀지는
그 너머 어둠의 세계로

비워진 세상에서 새로이 태어날
어떤 것 혹은 어떤 생명을 위하여

*부산 송도 해안둘레길

영도다리

오후2시에 사이렌 소리가 울리면
놀란 갈매기들이 하늘을 맴돌고
스타카토 창법의 굳세어라 금순아가
바다위로 울려 퍼지면서
영도다리가 올라간다

이별과 만남의 등대
이산과 재회의 교차로
주인 잃은 이름들이
낙엽처럼 버려진 거리에는
부모 찾는 고아들이
굶주린 배를 움켜잡고 손을 내민다
점괘의 가냘픈 가지에 의지하여
지친 다리를 추스릴 때
다리를 지나는 배의 고동소리는
고향산의 메아리가 되고
푸르스럼 달빛에 반사되는
얼굴들은 파도를 따라 흐른다

세월의 빨래터에 옛 기억이
몇 개의 동상으로 남은 자리에
추억을 되새김질 하며
한 무리의 공연단이 노래 부른다
흥겨운 노래들과 춤사위에
지나간 슬픔의 기억들은
비릿한 바람에 실려 사라지고
가슴을 도려내던 아픔은
도로위에서 추억을 탐하는
청춘들의 맑은 웃음으로 치유한다

상처가 세월에 바래져
아름다운 추억이 되었다
오늘도 영도다리는 하늘을 향해
비스듬히 세워지며
추억의 날개를 들어올린다

에덴공원

에덴의 길은 고요하고 인적이 없다
시원한 바람은 불고 있지만
이곳에는 새들도 둥지를 틀지 않는다
선악과를 먹은 아담과 이브의 흔적도 없고
이브를 유혹한 뱀마저 사라졌다
단지 몇 사람을 추억하는 비석만 서있다

사자가 임팔라를 사냥하는 것이 죄일까
킬리만자로정상에서 죽은 표범은 벌 받은 것인가
살아있는 것들은 유혹에 약하다
파라다이스가 존재한다 해도
유혹과 욕망이 없이
정말 행복할 수 있을까
어제의 행복이 내일의 행복으로 이어질까

불완전하고 변덕스러운 아담과 이브는
유혹과 욕망을 이기지 못하지만
그것은 살아있기 때문이 아닐까
욕망과 유혹이 없이 살아갈 수 있을까
절망적인 현실 속에서
에덴에는 아담과 이브가 없다
아담과 이브는 에덴 밖에서 산다

*부산 사하 에덴공원

산복도로 콘체르토

작은집은 옹기종기 언덕위쪽에 있고
큰집은 산 아래 바다 쪽에 있다
바이올린 활처럼 생긴 길 위로
긴장한 모습의 차들이 달린다

파란 하늘아래 녹색의 공원
원색집들 아래 남색의 바다
꼭대기 집의 옥상위에는
차들이 피아노 건반처럼 놓여있다

골목길은 레가토로 이어지고
계단길은 스타카토로 연주한다
전망대에서 본 집들의 하모니
멀리 바다로 퍼지는 아르페지오

오르막길 끝에는 산복도로가있고
내리막이 다하면 해안도로가 있다
변주곡을 연주하던 걸음은
산복도로에서 멈춘다

*부산 동구 산복도로

몰운대 가는 길

구름이 흘러가 사라지는 곳
몰운대를 찾으러 낙동강 둑길을 간다
헤매일 필요는 없다
구포에서 고속도로처럼 쭉 뻗은 길
아무런 고민 없이 일직선으로 걸어간다
갈대의 섬 을숙도가 보일 때 쯤
저승으로 가는 문처럼 생긴 하구언이 나온다
그것은 새들의 낙원인 을숙도로 간다

지금부터는 긴 왕벚꽃나무의 터널이다
그것들로 태양을 다 가리진 못하고
햇볕을 피해 강변 테라스에 앉아
불어오는 강바람을 맞는다
강변도로를 달리는 차들은 쌩쌩 거리지만
강물은 느긋하기 그지없다
공항으로 회항하는 비행기가 반기지만
몰운대는 아직도 멀고
열을 지어 하늘을 나는 철새 떼
무리지어 강을 헤엄치는 오리들을 보며
외로운 발걸음은 위로 받는다

태백산에서부터 흘러온 민물들이
이승에서의 삶을 마감하고 저승에 들어설 때
저승을 안내하는 배처럼 백사장이 놓여있다
그곳에는 바닷물과 민물이 교대로 철썩거린다
낙조대위 구름이 어두워지면
그들은 생의 무거운 짐들을 놓아놓고
어둠속에서 영원한 잠에 빠져 들겠지
내가 신이라면 청춘을 인생의 마지막에 놓겠다
그런 소망처럼
청춘의 푸른빛으로 서 있는
몰운대가 마침내 내 앞에 있다

낙동강에서 이바노비치를 들으며

늘 그렇듯 낙동강은 도도하게 흐른다
작은 동력선에서 파랑이 퍼지면
철새 떼들이 자맥질한다
아이들은 장난스러운 돌팔매질을 하고
강변 낚시꾼들은 분주하다

그 도도함으로 넓은 평야를 적시며
수많은 생명들의 안식처를 마련해 주고
그 도도함으로 절망적인 홍수를 가져다주고도
그것들과 무관하다는 표정으로 흐른다

햇볕이 다소 성가신 강가에서
이바노비치의 다뉴브 강의 잔물결을 듣는다
도도함에 어울리는 이 우아한 멜로디로
앤디 윌리엄스는 새로이 시작되는
인생절정의 아름다움을 노래하였고
윤심덕은 인생의 덧없음을 노래하고
현해탄에서 생을 마감했다

세상살이의 작은 이익에 집착하여
잠 못 이루고 밤새 뒤척이는 나에게
무얼 그리 대단한 인생을 산다고
호들갑이냐고 말하듯
강은 도도한 자세로 그냥 흘러간다

길을 가다

남쪽으로 길을 가려 했지만
북쪽으로 오고 말았다
되돌아가려 했지만
날은 저물고 바람마저 분다
길 표지판은 좌우로 얽혀 있고
교차로가 길을 막고 선다

어디론가로 가야겠지
사람들이 몰려간다
불안한 마음에 그들을 따라가 본다
그들을 따라가다 보니
로터리에서 길을 잃고 말았다
이곳의 길들은 방향이 없다
남동쪽인지 북서쪽인지

좁은 길로 길까 넓은 길로 갈까
굽은 길로 갈까 뻗은 길로 갈까
모든 길을 다 갈수는 없다
그중 한길을 선택한다
도중에 무엇을 보게 될지 모른다
단지 운명에 맡길 수 밖에

텅 빈 경기장

멋진 플레이를 위하여
뛰어도 보고 날아보려고도 했다
세상의 뒤에 남겨지지 않으려
숨이 차도록 달려도 보았지만
지금은 아쉬움만 남는다

어디서부터 잘못된 걸까
때로는 승리의 축배를 들고
때로는 패배로 괴로웠지만
남은 것은 공허한 마음 뿐
경기장에 남은 마지막 선수처럼

승리를 하던 패배를 하든
경기의 일부에 불과한 것을
무관하게 경기는 이어지는 것
관중들도 가버린 빈 경기장에서
운동화 끈을 고쳐 메워본다
마지막 관객을 위하여

돈과 운

돈은 천민출신이라 자주 볼 수 있지만
운은 귀족출신이라 만나기 어렵다
돈과 운을 동시에 잡아야 하는데
독심술사인 돈은
잡으려하면 귀신같이 알고 도망친다
운은 안개 낀 신비의 성에 살아
잡을 수 있는 방법을 알 수 없다

자만하는 사람은 운 따위는 필요 없고
능력과 노력만 있다면 성공한다고 한다
최고의 쇠고기 요리사가
차린 식당이 광우병이 오자 망했다
조그만 동네의 쇠고기 집이
조류독감이 오자 갑자기 흥했다
만약이라는 가정이 몇 번만 맞게 되면
성공한 사람도 실패자가 되고
실패자도 성공한 사람이 된다

돈만 쫓아 성공한 사람은 없고
운만 쫓아 성공한사람도 없다
돈과 운을 동시에 쫓는 것은 불가능하므로
둘의 존재를 잊고 살아야 한다
돈과 운이 오면 받아들이고
오지 않더라도 실망하지 않아야 한다
그 역시 운에 불과하므로

도시고속도로

인터체인지의 곡선주로를 지나
도시고속도로로 들어서면
여인의 다리처럼 매끈한 길이
햇빛에 반짝거리며 유혹한다

풍경은 파노라마를 펼치고
차들의 하울링은 바람을 가른다
달리는 것만 유의미할 뿐
이제는 후회도 무의미하다

돌아갈 수도 천천히 갈 수도 없다
도시고속도로를 달리며
갑자기 외로워지기 시작했다
왜 이런 운명을 타고난 것일까

새벽공기

과음과 폭연으로 오염된
지난밤에서 깨어나
반낮 반밤의 거리로 나서면
청량한 새벽공기가
뇌의 뒷면까지 때린다

얼마만인가 이 느낌은
지루한 일상의 무력함을
접시처럼 던져 버리는 기분
아무도 마시지 않은 산소를
힘껏 들이켜 본다

이제 동이 트기 시작하면
나는 이 거리에서
숨 쉬고 먹고 마시며
내뱉고 오염시킬 것이다
삶의 구질구질한 모습에도
변하지 않는 뻔뻔함으로

기다림

언제부턴가 명확치 않다
벤치에 앉아 기다리는 습관은
꽃피던 그해 봄부터 였나
몇 해 전 낙엽 지던 가을부터 인가
기다림은 설레기도 하지만
걱정이 앞선다
혹시 오지 않는 건 아닐까
이미 가버린 건 아닐까

내일도 나는 기다릴 것이다
다음날에도
기다림에 중독된 나는
만남이 오히려 두려워진다
만나게 되면 정말 행복해 할까
그다음에는 어떻게 될까
기다림 없이도 살아갈 수 있을까
나무그늘이 있는 벤치에서
오늘도 기다리고 희망했다

산속의 오솔길

산속으로 난 좁은 오솔길을 걸어간다
수많은 발자국으로 다져진 길은
매끄러운 자태로 햇빛에 반질거린다

방심을 허용하지 않는 낭떠러지와
나무들 사이로 파란 하늘이 보이는 길
까마귀가 거만한 날갯짓으로 비상하고
돌멩이들이 발부리에 채여 추락한다
드넓은 산속에 실처럼 가는 오솔길을 걸어간다

파란 하늘로 향하는 지름길은 낙엽만 가득하고
그길로 걸어가는 사람은 보이지 않는다
바위틈 사이로 예쁘게 피어난 야생화는
서로 데려가 달라고 보채는듯하다
드넓은 산속에 실처럼 가는 오솔길을 걸어간다

독수리

독수리는 40이 되면
사냥을 할 수 없다
낡은 발톱과 부리는 굽어지고
깃털은 뽑히고 엉성해진다
먼저 바위에 헌 부리를 깬다
부리가 새로 나면 다음
부리로 발톱을 뺀다
새로 난 발톱으로 깃털을 뽑고
탈피가 완성되면
30해를 더 살게 된다

사람은 그냥 퇴화될 뿐
재생은 바랄 수 없는 꿈

추수 뒤의 들판처럼
드문드문 흰머리로도
정수리를 가리지 못하고
수명을 다한 이빨들은
하나둘 잇몸과 이별한다
세월의 중력을 못 이겨
얼굴에는 주름살이 가득
새처럼 가늘어진 다리로
거친 숨을 몰아쉬며 산위에 올라
독수리의 흔적을 찾으려
푸른 하늘을 바라다본다

우아한 노년

내 인생에 하얀 튤립처럼
우아한 시절이 있었던가
이해와 관계로 자아를 잊고
밀가루 반죽처럼 떠밀리며
강물에 던져진 나뭇잎이 되어
세상의 소용돌이 속에 떠돌다
당면한 생존을 위해
굽히고 휘어질 수 밖에 없던 삶

이젠 세상의 먼지를 털고
솟아나는 샘물처럼 살고 싶다
강요하지 않고 강요받지 않으며
얽매이지 않고 얽매지 않으며
굽히지 않고 굽히려 하지 않으며
시간의 흐름을 거역하지 않고
아름답고 우아하게
서쪽하늘로 흘러가는
노을과 같은 노년을 보내고 싶다

친구의 장례식

간암이라니
담배도 피지 않던 네가
처음에는 믿지 않았다
연락을 못한 미안함을 대신해
과한 농담을 한다 생각했다

그래도 죽지는 않을 거라 여겼다
눈부신 현대의학의 힘도 있고
삶에 애착도 강한 녀석이라
병문안 가서 다소 여유 있는 모습을 보고
안도하기도 했었다

너는 나보다 오래 살아야지 했을 때
피식 웃기도 하였지
그것은 나의 진심이었다
좋아하는 사람을 먼저 보내고
외로운 세상에 남겨지는 것이 정말 싫다
지금 이 상황처럼
너도 같은 마음이었을지 모른다
호탕한 웃음 뒤의 숨길 수 없는 외로움
많은 사람들의 얼굴 속에서
외로워서 더 슬펐다

내 인생의 회상

잠든 듯 누워 있는 내 곁에
몇 사람이 울고 있다
슬픈 표정을 한 사람들 옆에
나에 대해 이야기하는 사람들
고개를 끄덕이며 경청하는 이들
말하는 것들은 나의 단면일 뿐
진정으로 이해하고 있는 것은 아니다
상관없는 일이지
누구를 이해시키기 위해 산 것은 아니니
그러나 한사람쯤은 있었으면 좋겠다
내 인생을 위해 울어주는 사람이

친구들이 우르르 몰려왔다
병원에 누워있는 나를 위로하러
왕래가 없던 친구도 있었다
그가 기억하는 추억은 어떤 것일까
오랜 병에 지친 가족들마저 떠난 곳에
사람의 체온으로 느껴지는 따듯함
이대로 인생이 병상에서 끝나는 것일까
봄에 피는 꽃이 그리워진다
가을낙엽을 한 번 더 밟을 수 있을까
거창하지도 특별하지도 않았던 인생
이대로 마치는 것은 너무 허무하지만
어떤 종말도 허무를 피할 순 없을 것이다

시간이 많지 않음을 느낀다
걷는 걸음마다 내쉬는 숨결마다
살아있음을 느끼면서 살 것이며
의미 있는 삶으로 마치고 싶다
성공과 실패를 거듭한 인생
지금은 어느 언저리에 있을까
어디에 있든 소중한 내 삶의 흔적
이젠 실패의 쓰라림도 사랑할 수 있다
삶이 우연함으로 시작되었듯이
죽음도 어느날 갑자기 만났으면
삶을 스스로 감당할 수 없을 때
어떤 결정을 해야 되는 것인가

영화관에서

눈물이 많아졌다
감동적이거나 슬플 때
눈물이 그냥 흘러내린다
손으로 가리고 좌우를 힐끗 보니
나만 울고 있다

영화감독의 뻔한 설정에도
나이 값도 못하고 눈물이 쏟아진다
자연히 구석자리만 찾고
때로는 모자를 쓰게 된다
희로애락에 무뎌질 때도 됐는데
마음은 거꾸로 가고
눈물만 많아지니 난감하다

외로우면 눈물이 많아진다고 한다
눈물은 외로움 때문인 듯 하다
세상을 알게 될수록
인생은 외로운 것임을 느낀다
외로움은 혼자 있음의 고통을
고독은 혼자 있음의 즐거움을
의미하는 단어라고 한다
나의외로움은 고통을 넘어
이미 고독으로 변해 버린 듯 하다

지하철의 노인들

지하철을 타면
절반 정도가 노인이다
청년들은 드문드문하다

고희라는 말과 같이
과거에는 노인들이 더불어
그만큼 대우 받았다
지금은 인생은 칠십부터 라며
노인들이 넘쳐난다
대부분 베이비붐세대

베이비붐세대들은 대체로
방치되어 자라왔던 터
요즘 아이들 같은 대접은
상상하기가 어렵다
그 아이들이 덜 귀여워서도 아니고
너무 많았던 탓이다

사람이 사는 세상에서는
희귀한 것은 대접받고
많은 것은 홀대한다
아무리 소중한 것일지라도

많은 노인과 적은 청년이
같은 지하철을 타고 간다
어디론 가를 향하여

온고지신

자손만대

손자가 여럿 있는 친구가
자랑을 하며 나를 타박한다
손자가없다고
사실 나는 유전자에 대한 자신이 없다
예측이 불가능하고 험난한 세상에서
자손이 행복할 것이라는 확신이 없다
아이에게 자손을 강요할 생각이 없다

패문조거

속이 더부룩하여 밥을 남겼다
친구는 쌀 한 톨은 농민들의 피와 땀이니
밥을 남기는 것은 죄를 짓는 것이라 한다
쌀이 남아도는 시대에 남기는 것이
진정 농민을 위한 것이다
억지로 먹다 탈이나면 더 큰일이다

할고공친

친구가 나를 위해 아이에게 훈계한다
효에 관한 장광설을 쏟아낸다
아이의 표정이 피곤해 보인다
너무 많이 들은 말이라 좀 지겹다

4차 산업 혁명시대에 농경시대에 생긴
지혜들은 쓸모없는 것들이 많다
삶의 지혜는 인터넷에 넘쳐나고
시대의 흐름에 따라가기에도
가랑이가 찢어질 판이다
우리들은 온고지신을 섬기는
마지막 세대일 것이다

A. I.

이세돌이 알파고에 완패한 순간
일부는 알파고에 경의를 표하고
일부는 알파고를 두려워하기 시작했다
알파고가 가져올 수 있는 미래를

바둑의 수는 무궁무진하여
기계는 인간을 못 이길 거라 여겼는데
보기 좋게 인간의 자존심을 구겨버리고
바둑이 예나 도가 아닌
오래된 게임에 불과함을 일깨워주었다

눈앞의 이해타산을 셈하기도 하고
자기가 만든 기계가 어떻게 변할지
불안해하기도 한다
낙관과 비관의 전망이 엇갈린다

인간은 그 우월함으로 인하여 멸종해버린
공룡과 같은 종족이 되지 않을까
그렇게 우울해 할 필요는 없다
삶이란 어차피 앞으로 나아갈 수밖에 없고
AI와 마찬가지로 인간의 미래도
어떤 것이 될지 알 수 없는 것
인간이라는 AI를 만든 조물주도
불안해하고 있지 않을까

징검다리

매일 징검다리를 건너가면
냇물은 빠르게 흘러가고
발아래 받침돌은 삐거덕 거린다
발이 빠지는 운수 나쁜 날에는
어리석음을 후회하기도 한다

후회한다고 지혜로워지지는 않는다
매일은 또 다른 하루이며
모든 순간은 처음 겪는 삶
지혜는 새로움을 이기지 못하며
선택이 항상 옳을 수만은 없는 것

징검다리는 흐르는 시간 속에 있고
시간은 뒤돌아보지 않는다
어제는 흘러가버린 강물
오늘의 강에는 다른 물고기가 살고
오늘은 푸른 하늘의 구름
새는 어제의 구름에 얽매이지 않는다

거울

아침에 일어나 거울을 보면
어제와 같은 모습이다
변하지 않는 모습이건만
언제부턴가 거울이 두렵다

매일 같은 모습만 보여주다
어느날 갑자기 세월의 하수인이 되어
얼굴에 깊은 고랑을 파고
검은머리 대신 흰머리를 심어 놓았다

불편한 진실이든 소망하는 진실이든
거울은 얼음처럼 냉철하게 비추지만
진실은 항상 의심받는 법
이성은 욕망을 이기지 못한다

오늘도 진실을 위해 거울을 보지만
어느새 백설 공주의 계모가 되어
숨어있는 세월의 하수인을 찾으려
의심의 눈초리로 이리저리 살펴본다

건망증

어디에 있을까
구석구석 찾아본다
어디에 숨어있는지
도무지 찾을 수 없다

같은 곳을 몇 번이나 보기도 하고
한 번도 본 적 없는 곳도 찾아본다
시간의 계단을 거슬러 가기도하고
기억의 미로를 더듬어 보기도 한다

기억이 의심받는 것은 슬픈 일
이곳에 없는 것은 아닐까
의심하면서도 찾기를 계속한다
기억을 붙잡고 싶다

쾌청한날

등은 가슴을 떠밀고
손은 옷을 입는다
발은 운동화 끈을 고쳐 매라 하고
머리는 햇볕을 가려 달라한다

푸른 하늘은 천천히 걸어가라 하고
맑은 시냇물은 달려보라 한다
초록의 잎사귀들이
서로 보아 달라 졸라대고
흰 구름이 춤추는 사이로

태양은 화사하게 웃으며
나오길 잘했지 말을 걸어온다

너의 이름을 부른다

오늘 산위에 올라
너의 이름을 부른다
다른 방법이 없었다
그리운 가슴을 비울

어젯밤에 너무 그리웠다
꿈에서의 만남을 기원했다
몇 번을 깨고 다시 자도
너는 나타나지 않았다

내일 어떻게 해야 하나
살다보면 잊혀 지겠지
그렇게 살아왔지만
내일은 두렵기만 하다

사랑

누구나 받고 싶어 한다
누구나 주고 싶어 한다

주는 것이나
받는 것이나
이유가 있다

주는 이유도 제각각
받는 이유도 제각각
사랑이 어려운 이유다

사랑의 연습

당신처럼 사랑스러운 사람을
사랑하는 것은 처음인지라
나는 연습이 필요합니다
그러니 때로 거칠거나
때로 부족하더라도
너그럽게 이해해주세요

가끔 사랑을 시험하더라도
가볍게 해주세요
당신이 너무 가혹한 시련을 주면
당신을 잃는 두려움에
나는 절망할지도 몰라요

당신도 나 같은 사람에게
사랑받는 것에 익숙해지기 위해
연습이 필요한 지도 몰라요
지금보다 조금이라도
오래 사랑할 수 있게 된다면
우리는 멋진 연인이 될 겁니다

화살

너의 화살이 내 가슴에 꽂힌 순간
나의 심장은 터질듯하였다
가슴을 두드리며 쏟아져 나온 피는
세상을 장미꽃밭으로 만들었다

너의 화살이 내 가슴을 관통한순간
나의가슴은 찢어질듯 하였다
온 몸에서 빠져나온 피는
눈물과 섞여 금잔화 밭이 되었다

하루살이의 사랑

지금 이 순간 당신을 사랑합니다
그것이 유성처럼 짧은 것일지라도
어둠속에서 발견한 불티는
이미 가슴 한 부분을 태우고 있어요

당신을 지금 사랑하는 것은
푸른 여름밤 하늘 속에서
황홀한 비행을 하는 것이죠
백년의 기다림이나
천년의 맹세는 필요치 않아요

당신과 함께 춤을 추며 날아가고 싶어요
돌아올 수 없는 머나먼 곳으로
소용돌이치며 불어대는 바람도
연기처럼 사라질 운명도
우리를 갈라놓을 수없는 곳으로

오로라

태양에서 날아온 입자가
대기에 부딪쳐
초록색으로 멍이 들고
아픔을 잊기 위해
오로라로 노래한다

지구의 중력을 벗어던지고
백야의 하늘위에서
자유의 날개를 펼친다
아득한 하늘의 끝을 향하여
오로라로 춤춘다

상처는 커튼 뒤로 숨기고
무지갯빛 시스루 사이로
사랑의 기쁨과
사랑의 슬픔을 노래한다

메마른 나뭇가지에
한 마리 새로 날아와서
사랑을 지저귀다
신기루처럼 사라진 여인아
옐로나이프로 가자

지하철 1번 출구

지하철로 가는 계단 길을 내려가면서
그는 그녀의 부드러운 미소가 보고 싶었다

유백색 조명아래 의자에 앉아 있거나
서서 지하철을 기다리는 사람들
저 멀리로 가늘어져 가는 레일을 보고 있다
영원히 만나지 못하는 것은 아닌가
그는 초조한 느낌이 들었다

지하계단을 올라와 바람을 맞으면서
그녀는 따스하던 그의 숨결이 생각났다

무표정한 사람들 사이로 걸어가면서
그들은 누구를 그리워할까 궁금했다
앞만 보며 걸어가기만 한다면
그리운 사람이 지나더라도 모를 것이다
좌우로 살펴보지만 걸음은 멈추지 않는다

그는 린넨 블라우스를 입은 그녀를 보고 싶었다
그녀는 스트라이프 셔츠를 입은 그가 좋았다

기다랗게 뻗은 지하철 1번 출구 계단
사람들 사이로 흰색 린넨 블라우스를 입은
여자는 바쁜 걸음으로 올라갔고
파란색 스트라이프 셔츠를 입은 남자는
가파른 계단을 응시하며 내려갔다

그때는

그때는
사랑하냐고 물을 필요가 없었다
눈빛만 보아도 알 수 있었다
내 마음을 드러내 보이지 않아도
너의 마음을 보여주지 않아도
서로의 마음을 알 수 있었다

그때는
외로움이 두렵지 않았고
그것이 어떤 것인지 몰랐다
혼자 있어도 외롭지 않았다

지금은
혼자 있는 시간이면
외로워질까 두렵다
외로워지면 그리워질까 두렵다
혼자라는 것이 두렵다

어리석은 사랑

무엇인가에 이끌린 듯이
곤한 잠에서 깨어나
어둠을 헤매는 하늘에서
눈을 떼지 못 하는 것이
너 때문이라면

길을 가다가
떨어지는 나뭇잎을 보며
텅 빈 가슴속으로
문득 아리함이 느껴지는 것이
너 때문이라면

비가 오는 날에 차가운 바람을 맞으며
빗속을 서성이면서도
어디로도 가지 못하는 것이
너 때문이라면

이 모든 것이 너를 그리워하는
나 때문이라면
때로는 너를 원망하고
때로는 나를 원망하는
이 어리석음으로
너를 사랑해야 하다니

이름 없는 거리

차갑고 세찬 바람이 분다
몇 개 남은 잎사귀조차 떼어내려
거친 소리를 내며 가지를 흔들고
달도 조각내 하늘에 걸어놓아
나무들이 두려움에 떨고 있다

지금도 알지 못하는 이 거리의 이름
이 길이 어디로 가는지
이 길의 끝은 어딘지
잊어야 할 것만 남은 거리에
돌아가지 못하는 방랑자

뿌연 가로등이 태양처럼 빛나고
바람에 뿌려지는 환희의 웃음소리
천국같이 따스한 가슴속 포옹
어느 거리에서 다시 찾을 수 있을까
이름 없는 거리에서 너의 이름을 부른다

상처

나이가 들면 상처가 늦게 낫는다
면역력이 약해진 탓
흉터도 짙고 크게 남는다

마음의 상처도 마찬가지다
산전수전 다 겪은 마음이건만
상처의 기억은 오래간다

가장 낫지 않는 건 사랑의 상처다
세월은 강물처럼 흘러갔지만
흉터는 그대로 남아있다
아직도 가슴이 아리다

눈물

눈물은 마음의 상처에서 나는 피
피가 멈추면 흉터가 남듯이
눈물이 다 말라버려도
마음의 상처는 그대로 남는다

상처가 빗물에 쓸려가고
바람에 날려가 버리기를
뜨거운 태양과 서늘한 달에
손 모아 기도했지만

기억의 샘물은 이끼를 들추고
바위틈 사이로 흘러나와
아픈 상처를 헤집고
다시 눈물이 되어 흐른다

자백

고독하다고 스스로 말하기는 싫습니다
말을 할수록 비참해지는 느낌이 드니까
사실은 고독하지만 자백할 수는 없어요
당신이 나에게 물어봐 줄 수는 없나요
그러면 고개를 끄덕여 위로받고 싶어요

외롭다고 스스로 말하기는 싫습니다
그렇게 말하게 되면 내가 불쌍해 질것 같아요
외로움에 익숙해진 나를 그렇게 만들 수는 없어요
당신이 나를 안아줄 수는 없나요
그러면 정말 외로웠다고 자백할 수 있을 것 같아요

다음 생

이번 생에
우리는 인연이 아닌 것 같아
다음 생에 다시 만나길 바라며
아쉬운 작별인사를 해야 한다

다음 생에는
무슨 일이 있어도
너를 놓치는 일이 없이
후회하지 않는 사랑을 할 거야

다음 생에는
너를 붙잡지 못하는
바보가 되지 않겠다
다음 생을 기약하는
어리석은 짓도 하지 않겠다

촛불

촛불을 컨다
어둠속에서 둘이 있으니
밤이 외롭지 않아
와인을 따른다
유리잔에 비치니 셋이 되고
우리는 서로 바라본다

초가 눈물을 흘린다
흘러내리는 눈물은
응어리져 외로움이 된다

외로움은 어둠과 같은 것
포근한 빛으로 감싸 안으면
외로움도 무섭지 않아
어깨에 기대어 잠을 잔다
외로운 밤들은 잊고
어둠이 물러나는 새벽까지

다리

너는 이쪽으로 오고
나는 그쪽으로 간다

너는 하늘을 보며가고
나는 바다를 보며간다

너는 말을 안 하고
나는 듣지 않는다

네가 다정함을 말할 때
나는 외로움을 느낀다

우리는 같은 다리위에 있었지만
다른 곳으로 가고 있었다

튤립

튤립은 우아하다
혼자도
듀엣도
무리도

튤립은 아름답다
빨간색이든
노란색이든
하얀색이든

튤립은 사랑스럽다
축제에서도
정원에서도
길모퉁이에서도

핑크뮬리

너는 어느 나라에서 왔니
가늘고 여린 몸매는 새의 다리를 닮았고
붉은 꽃은 머리카락을 닮았다

외로움을 많이 타는 성격인가 보다
몸을 부벼대는 것도 모자라
붉은 머리칼은 서로 엉켜 매듭이 되었다

바람이 불 때 너는 프랑스 무희처럼
내 마음을 설레이게 한다
강가에는 노을이 지고 있다

벚꽃이 질 때

벚꽃이 피기 시작하면
벚꽃이 질 때를 기다린다
봄바람이 땅위에서 춤추고
하늘에서 꽃잎이 떨어질 때
지나간 날들의 조각들을 본다
아름답지만 짧은 날들
이별이 예고된 축복의 의식
꽃잎이 봄의 왈츠를 춘다

겨울을 지난 생명들을 축하하는
봄바람의 벚꽃샤워에
잊고 지내던 그리움은 깨어나고
벤치에 앉아 기다리기 시작한다
그 누군가를
꽃잎이 수북이 쌓일 때까지
오지 않아도 좋다
꽃눈 아래서의 기다림만으로 족하다
설레임 가득한 봄눈이 내린다

낙동강 유채

구포다리위에서 이미 향기에 취하고
강바람 따라 유채들판에 들어서면
습지를 가득 채우고 피어있는 노란 꽃
초록의 가녀린 줄기 위 꽃송이 따라
검푸른 강가에 유채꽃 향기는 퍼지고
꽃가루는 바람을 타고 노래한다

예쁘거나 추하거나 드러나지 않고
향기가 많거나 적음도 탓함 없이
단지 불어오는 바람에 날려 보낼 뿐
꽃잎들이 흥겨운 봄의 군무를 추면
강가의 갈대들과 실버들은 숨죽이고
낮은 환성의 사람들이 줄지어 간다

석양에 강물은 거울같이 반짝이고
그 빛들은 들판에서 노란 노을이 된다
무리지어 가지위에서 웃고 있는 꽃송이
어느 비 오던 날 만난 노란우비의 소녀
짧은 만남이지만 잊을 수 없는 만남
차가운 강바람 속에 노랗게 저문다

*부산대저 생태공원

조화

너에게 퇴짜 맞고
버리기 아까워 가져왔다
나의 마음도 몰라주고
꽃집에 있는 꽃들이
모두 시들해 보여 샀다고 했지만
조화라고 퇴짜를 놓았다

집에 와서 다시 단장해
흰색 화병에 담으니
생화가 울고 갈 정도다
나의 마음도 몰라주고
나도 처음 알았다
완벽한 생화는
찾기 어렵다는 것을

오늘 아침에 눈을 떠보니
꽃이 나를 보고 웃는다
반가운 마음에 스프레이를 뿌리니
정말 완벽하다
나의 마음도 몰라주고
나는 완벽한 꽃을
너에게 주고 싶었다

낙엽

나무를 많이 사랑하였나 보다
연녹색 잎사귀로 청춘을 바치고도
아무런 저항 없이 떨어지는 걸 보면

나무를 너무 사랑하였나 보다
태양의 빛을 훔쳐서 주고도
그 벌을 대신 안고 버려지는걸 보면

가엾은 너는 나그네가 밟고 지나가도
비명을 지르지도 못하고 신음소리만 낸다
버려지고 밟혀도 서럽지 않나 보다

밤새도록 바람에 쓸려 다니면서
아련한 그리움의 노래를 한다

해송

바다를 향한 그 의지는 확고하다
허리를 굽혀서라도

파도소리가 좋아서일까
물고기 내음 때문일까
반짝이는 파도를 보고파서일까

해무에 젖은 머리는 그냥 둔 채
까치발을 하고 내다보는 모습 뒤로는
검고 굵은 핏줄이 솟아있다

갈대

갈대가 사색에 잠기면
나도 생각에 잠긴다

갈대가 바람에 흔들릴 때
나의 마음도 같이 흔들린다

갈대가 새들에게 인사할 때
나도 새들에게 손을 흔든다

갈대가 바람의 터널을 만들면
나는 허리를 굽혀 지나간다

갈대가 바람 따라 누울 때
나도 슬며시 갈대를 따라 눕는다

안개길

그리 많은 것을 볼 필요는 없다
감당할 만큼 보고 가는 것
보고 간다고 해도 옳은 곳으로 갈수 없듯
보지 않고 가도 틀린 것만은 아닐 것이다

온몸을 감싸는 눅눅함의 정체가
길가의 풀잎에서 반짝일 때
한 마리 새가 날아와 망설임 없이
포근하고 하얀 품으로 뛰어든다

친구 같은 바람이 안개를 걷어내는
알 수 없는 익숙함이 있는 길
헤매이던 많은 길속에서
때로는 눈을 감기도 했지
눈을 제대로 뜨고 걸어야 한다
찾지 못하더라도 가야만 하니

장마

느릿한 걸음을 걷는 지친 군인에게
진흙이 군화아래에서 질척거린다
땀에 젖은 군복에 빗물이 떨어지고
어깨위로 수증기가 연기처럼 피어오르면
잠시 휴식을 갖지만 행군은 계속된다
주둔지는 아직 멀고 비는 그치질 않고

빨래를 쌓아놓고 햇볕을 기다리던 아낙은
잠시 멈춘 비를 반기며 널기를 시작한다
바람에 흔들리는 빨랫줄을 잡아가며
널기를 마칠 즈음 하늘을 바라보니
태양이 검은 구름을 비집고 빛나고 있다
비가 오면 걷어야 한다는 생각에
처마아래에서 턱을 괴고 바라본다

햇살이 밝게 빛나는 푸른 하늘을 원했으나
낮은 구름으로 내리는 비에 시야는 흐려지고
발아래 진흙탕은 털어내며 걷지만
온몸에서 나는 곰팡내는 어쩔 수 없다
여름으로 가는 길의 긴 장마에는
햇볕은 잠시 동안만 비치고
비는 오랫동안 내린다

해변의 모래밭

모래밭은 아이스크림과 같다
단단한 것 같지만 그냥 녹아내린다
시간을 재촉하지 않고 느긋하게
부드럽게 밟고 가야한다
모래밭을 맨발로 걸어가면
빈병으로 남은 우리의 시간이
그리움의 알갱이가 되어 밟힌다

연인들이 사랑을 모래에 새기고
파도는 그것들을 쓸어간다
누군가는 발자국을 남기고
누군가는 발자국을 지운다
기억은 사랑의 추억을 쌓고
시간은 사랑의 추억을 지운다

너를 이리로 데려 왔어야 했다
반짝이던 눈동자처럼 태양은 비치고
부드러운 미소 같은 바람이 분다
너에게 느꼈던 따듯한 감촉을
맨발로 걸으며 온몸으로 느껴본다
우리의 시간이 모두 흘러내리기 전에
시간의 유리병에 모래를 채워야했다

잡초

마른채로 겨울바람 맞고 있는
너는 참 교활하다
땅속에서 눈치를 보며 봄을 기다리겠지
위장술에 약자 코스프레 까지
불쌍해서 뽑아버리지도 못하겠다
어디 사는 것이 지조만으로 되는 것이더냐
이승의 개똥밭을 뒹구는 구나

힘을 주어 뽑으려 하면
온가족이 뭉쳐 악다구니로 뻗쳐대니
힘이 부치는 구나
내가 지치니 허리를 꺾어 죽은 체 한다
이제 춥고 긴 겨울이 지나면
백만대군을 거느리고 나타나
나의 꽃밭을 짓밟고 다니겠지

바다의 여인

시간은 해변에 멈추어 섰고
심장을 태우는 강렬한 만남
모든 소음을 잠재우는 고요
한낮에 핀 일식의 경이로움

서쪽에서 신기루처럼 왔다
등 뒤로 태양은 밝게 빛났다
바다의 눈으로 바라보았다
바람 같은 미소로 웃었다

연모의 갈증이 모래를 태우지만
파도소리에 너울거리는 속삭임
물방울 무늬수영복의 그녀는
바다에 흰 물보라를 일으키며
힘찬 날갯짓으로 멀리 사라졌다

완전한 휴식

해변의 가을 벤치에 기대어 쉰다
따듯한 태양아래 시원한 바람
오고가는 사람들과 갈매기의 날갯짓
바다와 같은 시간을 보낸다

젊은 날의 휴식은 어떤 것이라도
흔들거리는 수레를 탄 것처럼
불안감과 조바심을 떨칠 수 없어
이 가을이 되어서야 완전한 휴식을 안다

세상의 바다 속을 유랑하다
파도를 따라 해변에 온 조약돌처럼
태양과 바람이주는 편안함으로
해변에서 완전한 휴식을 한다

갈매기

바다에는 갈매기
땅에는 비둘기

배위에 갈매기
차위에 비둘기

바다를 그리워하지 않는 새는
비둘기가 되었다
산을 잊어버린 새는
갈매기가 되었다

갈매기는 비둘기처럼
해변을 걸어 다니고
비둘기가 갈매기처럼
해변에서 난다

밀물

매일 바닷가를 홀로 걸어와
마음의 모래밭에 상처를 내고
백사장에서 서성이다 멀어져간다
밀물이 파도로 몰려와 흔적을 지우듯

파도에 씻기우고 썰물로 다진다 한들
잊혀지는 것도 지워지는 것도 없다
모두 헛된 눈속임에 지나지 않을 뿐

너는 푸른 하늘을 따라 날아가 버린 새고
나는 이 바다에 닻을 내려버린 배다
파도는 끊임없이 녹슨 뱃전을 때리고
그리움의 밀물은 눈 속으로 밀려온다

퍼즐

가로 세로 퍼즐을 맞추러
고민한다
쉬운 해답은 없다
모든 문제는 고민해야 하고
시간이 필요하다

답을 찾을 수 없을 때
답을 찾으려 무언가를 한다
답이 없는 것은 아닐까
의심도 해본다

문제는 풀기위해 고민하고
답을 찾으면 희열을 느낀다
그렇다고 해답을 찾는 것이
큰 의미가 있는 것은 아니다

오늘퍼즐은 유난히 어렵다
그러나 해답을 보고 싶지는 않다
해답을 보는 순간 패배자가 된다
패배감을 느낄 필요는 없다

패배자가 되기보다
해답을 찾지 않기로 한다
삶의 많은 문제들처럼
해답을 꼭 찾을 필요는 없다

치통

영혼을 절벽에 매달고
뿌리를 흔드는 아픔이
밤새 열병의 광풍으로 찾아왔다
잇몸을 고문하던 어금니는
이별을 준비하면서
평생을 몸 바쳐 일한 대가를
뼛속을 찔러대며 청구한다

이별의 애틋함은 어디가고
서로에게 원망만 남는다
오랜 친구를 잃는 건 슬픈 것
이별의 시점이 되어서야
소중함을 느끼는 간사함
모진 아픔을 주는 이별의식으로
미련을 남기지 마라하네
죽음도 이렇게 온다면

나무들

나무들이 말을 하고 있다
봄에는 새순들의 용틀임으로
여름에는 바람을 이용한 발성법으로
왜 그렇게 말 하냐고 내게 물으면
나는 대답할 수 없다

나무들이 웃고 있다
태양빛에 반짝이는 잇몸을 드러내며
나무들이 울고 있다
너무 슬퍼 나뭇잎을 뚝뚝 떨어뜨린다
그것에 대하여 의문이 들면
나무에게 물어보아야 한다

나무들이 숨을 쉴 때 나도 숨 쉰다
나무들이 일을 할 때 나도 일한다
단지 방법이 다를 뿐
나의방법을 나무는 이상하다 할지 모른다
나무는 나무대로 나는 나대로
각자의 방식에 충실할 뿐

첫사랑

너를 만난 것은
기쁜 일이지만 부끄러운 일
나를 그윽이 보고만 있는 데도
생각지도 않은 유치한말과
연이은 되지도 않는 변명
취조실의 범인처럼
모든 걸 털어놓았다
기쁨과 무안함은 잠시
네가 하는 모든 말에는
고개를 끄덕일 수밖에 없고
가식적인 감탄사도 늘어놓았다

풀 수 없는 문제인걸 알면서
머리를 고문하여 생각한 해법
많은 습작을 거친 글들
밤새워 고민한 말들은
날이 새면 허무한 끝을 보았다
견고한 절벽위의 요새처럼
바라보고 동경할 수는 있어도
가까이 다가갈 수 없어
나를 바보 같은 몽상가로 만드는
너는 천재임이 분명하다

입맞춤

너의 눈동자가 가로등 불빛에
반짝인다고 생각한 것은
저 멀리 나무들 사이로
가로등이보였기 때문이다
너의 입술이 붉은색에서
진홍색으로 변한 것도

너와의 설레는 입맞춤 후
하늘을 본 순간 알았다
검푸른 하늘에 반짝이는
별들 때문이라는 것을
많은 시간이 흘러도
잊혀지지 않을 것을 알았다
그때

밤의 커피

빛에 반짝이는 검은 눈동자
따듯하고 포근한 숨결
달의 조각들은 네게 잠기고
밤의 강은 네 안에서 파문을 일으킨다

너를 가슴에 안고 있으면
내 가슴속에서 꿈이 깨어나
기억의 어두운 하늘을 헤치고
금빛 찬란한 비행을 한다
뜨거운 너를 깊숙이 마셔본다
작은 불꽃잔치는 벌어지고

너와 사마귀의 사랑을 한다
가슴이 다 파 먹히더라도
후회하지 않을 사랑
나의 데릴라여
너로 인하여 오늘 잠 못 이룰 듯하다

목소리

매일 아침에 물을 한잔하고
목소리 연습을 한다
중저음의 굵고 부드러운 목소리
카사블랑카의 험프리보가트처럼

이때 "전화가 온다" 그녀다
무슨 일이 있냐고 물으니
그냥 목소리가 듣고 싶다고 한다
그녀는 내목소리를 좋아한다
여자처럼 가늘고 하이톤인데
나는 내목소리가 싫다

나는 내 눈이 마음에 든다
쌍꺼풀이 있는 큰 눈
그녀에게 물으니 싫다고 한다
쌍꺼풀 때문에 좀 느끼하단다
쌍꺼풀을 풀 수도 없고
사랑이 꼬인다

사랑한다고 말해주세요

사랑한다고 말해주세요
사랑에서 깨어날 수 없도록
사랑한다고 말해주세요
이별을 생각할 수 없도록

사람의 미래를 누가 알 수 있을까요
그러니 우리 지금 사랑하고 있을 때
다시 한 번 사랑한다고 말해 주세요
사랑을 잊어버리지 않도록

사랑한다고 말해주세요
만약에 이별하게 되더라도
사랑했던 기억이 오래 남아
가끔 메아리칠 수 있도록

완벽한 당신

나는 속물적이고 허점이 많은 사람이지만
당신은 너무나 완벽한 사람입니다
당신은 말합니다
나도 인간으로서 단점이 많다고
그러나 내가 보기에 그것은
완벽의 다른 모습에 불과합니다

나는 당신 때문에 울 수도 있습니다
때로는 당신의 사랑을 보채기도 합니다
그러나 당신의 눈물은 보고 싶진 않습니다
당신의 맑은 미소와
부드러운 눈길만을 보고 싶습니다

당신은 모를 것입니다
완벽한 사람에게 사랑받는 것이
어떠한 것인지를
당신은 모를 것입니다
당신의 완벽한 미소와 눈길이
나에게 주는 행복의 크기를

자유

나를 사랑해 주거나 않거나
당신의 자유입니다
나외의 다른 사람을 사랑하는 것도
당신의 자유입니다
당신이 사랑을 하거나 않거나
그것도 당신의 자유입니다

당신을 사랑하는 것이 구속이 된다면
사랑하는 것이 아닙니다

나에게도 자유가 필요하지만
많은 자유는 필요치 않습니다
당신을 사랑할 수 있는 자유
그 하나면 충분합니다
내가 당신을 사랑하고
당신이 나를 사랑하게 된다면
나는 자유로운 사람이라
할 수 있습니다

9월이 오면

9월이 오면
뜨거운 태양에 가리어졌던
그리운 이가 생각나겠지
서늘한 바람이 가슴으로 불면
잠들었던 그리움이 깨어나겠지

8월의 그늘아래 생각나던 이가
태양이 따듯한 거리에서
바람에 찰랑거리는 나뭇잎사이에서
푸른 하늘을 떠다니는 구름 속에서
계절이 오고가더라도
잊지 말라고 속삭이겠지

9월이 오면
바람이전해주는 그리움을 찾아
거리를 거닐며 외로워하겠지
창문을 열고 어두운 하늘을 보며
잊지 못하는 얼굴을 그리워하다
찬바람을 맞으며 웅크려 잠에 들겠지

망각

잊어버리는 것은 슬픈 일
오늘은 또 어떤 기억이 사라졌는지
당신과의 기억들이
이제는 희미해졌어요

너무 많이 잊어버린 탓인지
마음은 겨울들판처럼 공허하고
마음을 비워야 행복해 진다는 말이
전혀 와 닿지 않아요
옛날보다 행복하지 않은 것은
아직 비워야 할 것이 많아서 일까요

무엇을 더 잊어야 하나요
무엇을 더 비워야 하나요
사랑했던 기억마저도
모두 다 비워야만 하나요
그리고 난 뒤에
텅 빈 가슴으로 살아갈 수 있을까요

안녕

안녕이라는 말은 하지 않겠다
뒤돌아서 너를 보지도 않겠다
어리석은 미련은 갖지 않겠다

외로우면 외로운 대로 사는 거야
그리우면 그리운 대로 사는 거야
그까짓 사랑이 뭐라고

다만 네가 가야할 길에서
우리 같은 사랑을 다시 않기를
지금 같은 이별은 다시 없기를

그대의 마법

그대에게는 마법이 있어요
현실이 아닌 상상 속에 있는 느낌
고통스러운 기억은 잊혀지고
즐거운 생각만 하게 되요

그대가 나에게 주문을 걸면
수렁 같은 어둠의 날들은
새들이 노래하는 아침이 되어
문은 열리고 길이 보여요

그대의 눈동자를 보고 있으면
일상의 모든 근심은 사라지고
몸은 새털처럼 가벼워져
산들바람에도 날아갈듯 합니다

눈 오는 아침

지난밤에 하늘에서 춤추다
소리 없이 땅 위에 내려와서
어떤 두드림이나 보챔도 없이
순백의 발레리나로
아침창문에 그윽이 서있다

지난가을의 실수도
겨울나무의 부끄러움도
하얀 비단결로 감싸고 감싸
아름다운 추억만 만들 수 있게
새 세상으로 오라고 한다

지난해에도 보았지만
지난해에도 그렇게 가버렸지만
지난밤 사각거리며 찾아온 이가
눈부신 아침상을 차려놓고
발자국도 남기지 않고 가버렸다

괜찮아

네가 나를 미워해도 괜찮아
딱히 잘못한 것이 없어도
미워하게 만든 것은 나이니

네가 나를 원망해도 괜찮아
나름 최선을 다했어도
원망하게 만든 것은 나의 부족함이니

네가 나를 싫어해도 괜찮아
좋아해 주도록 노력했지만
네가 싫어하는 이유를 내가 모르니까

네가 나의 마음을 몰라줘도 괜찮아
그런 너의 마음을 알지 못한 것은
내가 책임져야만 하는 것이니까

눈보라

휘몰아치는 눈바람 속에서
이별의 손수건을 흔든다
못 다한 사연은 묻어두고
연모의 마음이 휘날린다
꽃은 수놓아 뭐하나
운무에 가려질 걸
그리 따라가면 뭐하나
골짜기로 버려질걸

매정한 겨울바람
철없이 떠도는 눈송이
풀어헤친 머리로
흐르는 눈물자욱 가리나
떠나는 님 무심하기도 하다
그때는 몰랐었다
억수같이 눈이 오는 날에는
그리움이 갈 곳이 없고
슬픔에 잠길 수 밖에 없다

홀로 가는 길

외로운 구름 한 점은
푸른 하늘위로 흐르고
둥지로 날아가던 새 한 마리가
가녀린 가지위에서 울 때
홀로 걸어가는 나는
그대를 그리워합니다
그대를 그리워하면
내 마음은 포근해 지고
먼 길을 걸어가야 하지만
이 길도 외롭지 않아요

그림자는 점점 길어지고
오후의 해가 부드러운 손길로
나의 길을 감쌀 때
길가의 플라타너스는
바람들 사이로 잎을 여미고
그 작은 하늘 조각에서
그대의 맑은 미소를 봅니다
그대의 작은 미소만으로도
나의 길은 외롭지 않아요
홀로가도 그대와 나의 길에는
햇살이 가득합니다

가로수 사계

겨울거리의 너는 엑스트라
있어도 그만 없어도 그만
많거나 적거나 똑같다
벗은 채로도 보일 듯 말듯
죽은 건지 살아있는 건지

봄거리의 너는 조연
연녹색 잎으로 단장하고
꽃봉우리로 치장하면
화사한 차림의 연인은
아래를 지나가며 웃는다

여름 거리의 너는 주연
쭉 뻗은 도로는 블랙 카펫
멀대같은 빌딩은 배경
이글거리는 태양은 숙적
시원한 그늘은 너의 연인

가을거리의 너는 풍경1
쌀쌀한 바람을 불어준다
거리에 낙엽도 뿌려준다
주인공이 풍경 옆으로
쓸쓸하게 걸어간다

바람 부는 날

바람은 언제나 즐겁다
따듯한 봄바람도
한겨울의 바람도
플라타너스 아래에서
흔들리던 너의 긴 머리
차가운 바람을 피해
들어온 너의 작은 손은
모두 바람이 가져온 즐거움

일상아래 고여 있던
내 가슴에 생기를 불어넣고
머리를 쓰다듬어
가득한 잡념을 날려 보낸다
양팔 아래로 느껴지는
날아가는 새의 자유로움
흩어 다니는 낙엽도
주인 잃은 풍선도 외롭지 않다
내 마음도 너에게 날아가니까

봄거리의 초대

봄거리의 초대에 응하시겠습니까
산들바람이 부는 가지사이로
이파리들이 초록색깔로 반짝이면
벚꽃은 버선발로 나와 웃음을 짓고
꽃봉우리는 잎새 뒤에서 눈짓합니다

봄거리로 나가 보시겠습니까
추위에 움츠렸던 일상은 버리고
새로움이 가득한 가로수를 따라가면
연인들은 새 꽃잎을 보며 미소 짓고
즐거워하는 사람들의 모습이 보여요

봄의 나들이를 가시지 않으렵니까
꽃이 피어있는 정원을 찾아
다시 찾아온 꽃과 반가움을 서로 나누고
무지갯빛 꽃잎으로 장식된 테라스에서
풀잎들의 용틀임을 같이 느껴보아요

재회

우연한 만남을 소망하며
가로수가 하늘을 향해
기도하고 있는 겨울 길을 간다

어제도 오늘과 같았지만
오늘도 기억을 소환해
거리에서 너의 체취를 찾으며

너는 너의 길을 가고
나도 나의 길을 가야하지만
왜 나는 미련을 못 버리는 건지

무표정한 사람들 속에서
의미 없는 발걸음은
재회의 희망을 놓지 못한다

이 거리에서 만나는 것은
기적에 가까울 것이지만
희망은 항상 함께 걸어간다

진심

가짜와 진짜는 알기 어렵고
거짓과 진실이 혼동되는 지금
당신의 사랑은 진심인가요

지금도 믿을 수 없어
당신의 눈동자를 깊숙이 봅니다
당신의 말 어떤 표정 몸짓도
결코 가볍게 넘기지 않습니다

당신에게 들은 모든 말들은 모두
기억 속에서 재생을 거듭합니다
그리고 깨닫게 됩니다
진심으로 당신을 사랑한다는 것을
당신의 진심은 중요하지 않다는 것을

행복과 기쁨

당신을 사랑할 수 있어
내 마음은 기쁘지만
행복하다고는 할 수 없어요

기쁨은 혼자서도 가능하지만
행복에는 당신이 필요해요
나에게 사랑의 기쁨을 주세요

당신은 행복해 지고 싶지 않나요
당신이 나에게 기쁨을 주면
행복을 선물하고 싶어요

춤

몸을 흔든다
초원을 뛰어다니는 말처럼
바다를 가르는 돌고래처럼
일상을 흔들어 본다

리듬에 몸을 맡기고
생각은 비운 채
몸의 감각을 일깨워
삶의 생기를 느끼며

높이 뛰어도 본다
푸른 하늘의 새처럼
지구의 중력을 벗어나는
자유의 꿈을 꾼다

꺾이지 않는 마음

어떤 사람은 성공의 길을 가고
어떤 사람은 실패의 길을 간다
어떤 길이 성공의 길인지 알 수 있다면
실패의 길로 갈 사람은 없다
길의 정체는 그 길의 끝에 있다

성공의 길로 가는 사람은
또 다른 성공을 위해 노력하지만
다른 길에 선 사람은 절망한다
성공은 또 다른 성공을 부르고
실패는 또 다른 실패를 부른다

노력하여 성공의 길을 갈 수 있다면
그 길은 이미 만원일 것이다
노력하지 않는 인생은 없으니
꺾이지 않는 마음으로 길을 가야한다
길이 끝나면 또 다른 길이 나오고
길의 정체는 끝날 때까지 알 수 없으니

불면증

낮과 밤이 바뀌어
낮에 자고 밤에는 깬다
낮이 싫어진 것일까
밤과 친해지려는 것일까
낮의 익숙한 것들은 줄고
밤의 새로운 것들이 보인다

습관적으로 잠을 자보려 해도
정신이 방해하고 나선다
낮에는 눈으로 보지만
밤에는 마음으로 보게 된다
낮에는 볼 수 없었던 것들
밤에만 느낄 수 있는 것들
나쁘다고만 할 수는 없다

자야한다는 강박관념은
정신을 채찍질 하고
불면의 시간은 달린다
뒤척이며 따라가 보지만
이내 지쳐 포기한다
자다가 깨고 다시자도 깬다
가끔 악몽도 선물하는 불면증은
참 난감한 밤의 친구다

그녀의 화장

그녀는 화장을 한다
상실감에 억울해 하지 않고
화려한 붓질과 솔질은
세상살이의 무거움을 털며
다른 세상을 향해 움직인다

아름다운 조화를 끌어내는
오랜 수련을 거친 솜씨
은은한 장미향은 퍼지고
만족스런 미소를 지으면
피부색은 나이를 잊는다

세월의 가차 없는 흔적인
이마와 눈가의 주름은
색조화장으로 한 번 더 덧칠하고
손톱에는 붉은 에나멜을 입혀
노년의 멋진 도발을 끝낸다

실연

숨을 쉬듯 사랑했다
꿈을 꾸듯 사랑했다

그러나 네가 떠난 후
간절히 원하던 사랑도
세상의 많은 일처럼
뜻대로 되지 않음을 알았다

자존심

다른 사람들에게는
하찮은 것으로 보일지 모르지만

세상의 많은 하찮은 것으로부터
나를 지키는 힘이다

대야

대야에 물을 담고
오른쪽으로 돌리면
오른쪽으로 소용돌이 치고
왼쪽으로 돌리면
왼쪽으로 소용돌이 친다

세상살이도 마찬가지
어떤 일이라도
내가 젓지 않으면 일어날 수 없다
내가 젓는 방향으로 세상은 돈다
다만 좀 큰 대야일 뿐이다